Saki Aikawa
In Love With You 3

In Love With You 3

Présentation des personnages :

TAKUMI HODAKA

Ex-petit ami de Yuna au collège, ils se remettent ensemble après s'être retrouvés.

HAYATO SHIINA

Il sort un temps avec Yuna, mais se rend vite compte qu'il serait mieux pour elle de rompre. Il a un cœur d'or.

YUNA KAGAMI

Fidèle et responsable. Elle retrouve finalement son grand amour après une longue coupure...

L'histoire

Yuna accepte de sortir avec Hayato pour oublier son premier petit ami, Takumi, mais voilà que celui-ci revient au lycée ! Se rendant bien compte que cette dernière ne peut contenir ses sentiments, Hayato décide de provoquer leur rupture et la pousse dans les bras de son premier amour. Yuna sort alors de nouveau avec Takumi, mais s'attire au passage les foudres de toutes les autres filles du lycée ! C'est ainsi que réapparaît Okamoto, une jeune fille autrefois amoureuse de ce dernier. Malheureusement, il la blesse à la jambe en essayant de lui échapper. Se sentant responsable, il décide d'aller la voir tous les soirs après les cours, mais Yuna perd peu à peu confiance en leur relation...

Sommaire

CHAPITRE 12

In Love with You

...
HODAKA !
TU ÉTAIS LÀ ?

MERCI DE VENIR TOUS LES JOURS ! C'EST VRAIMENT GENTIL DE FAIRE LE DÉPLACEMENT PENDANT UN MOIS...
BAH, DE RIEN...
TIENS, LES LIVRES DONT TU PARLAIS HIER.
HEIN ? TU ME LES AS AMENÉS !?
MERCI !!
GÉNIAL !
ET TA JAMBE ? LA RÉÉDUCATION N'EST PAS TROP DURE ?
UN PEU, MAIS...
DEMAIN JE VAIS AVOIR LE DROIT DE SORTIR, ALORS J'IRAI AVEC MA MÈRE ACHETER QUELQUES AFFAIRES EN PLUS POUR MON HOSPITALISATION.

DU COUP TU N'ES PAS OBLIGÉ DE VENIR ME VOIR !
...
BON, ENTENDU...
ON SE VERRA APRÈS-DEMAIN, ALORS.
HÔPITAL GÉNÉRAL KAWAI
SHOUUUU
WOUAH, ÇA CAILLE !
ÇA VA BIENTÔT FAIRE UN MOIS QU'OKAMOTO S'EST BLESSÉE À CAUSE DE LA MOTO DE TAKUMI...
ELLE DEVRAIT BIENTÔT SORTIR, BIENTÔT JE N'AURAI PLUS À L'ATTENDRE COMME ÇA...

ON SE RETROUVE APRÈS DEUX ANS, ET IL A FALLU QUE ÇA ARRIVE TOUT DE SUITE...
ON DIRAIT QUE LE DESTIN EST CONTRE NOUS...
POM
!
DÉSOLÉ...
TU N'AS PAS TROP ATTENDU ?
TAKUMI...
C'EST DÉJÀ FINI ?
OUI.
TU ES LIBRE, DEMAIN ?
?
OUI, MAIS L'HÔPITAL ?
APPAREMMENT ELLE VA EN COURSES AVEC SA MÈRE, ALORS...

ON POURRAIT EN PROFITER POUR SE FILER RENCARD, NON ?
RIEN QUE TOUS LES DEUX, TAKUMI ET MOI !?
BIEN SÛR !!
AVEC PLAISIR !
BLOF
BLOF
UN ENDROIT SYMPA...
UN ENDROIT SYMPA...

POURTANT LUI NON PLUS IL NE S'EST PAS AMUSÉ, À L'HÔPITAL…
"VU TOUT CE QUE TU AS SUPPORTÉ LE MOIS DERNIER…
ON N'A QU'À ALLER OÙ TU AS ENVIE."
MAIS IL VEUT QUAND MÊME ME FAIRE PLAISIR EN PREMIÈRE !
J'AI L'IMPRESSION QU'IL PREND SOIN DE MOI…
ÇA ME FAIT TROP PLAISIR !
POM
DEMAIN, ON VA PASSER UNE SUPER JOURNÉE !
EN RAISON DE TRAVAUX DE RÉNOVATIONS, NOUS SERONS FERMÉS AUX DATES INDIQUÉES CI-DESSOUS : DU 20 NOVEMBRE AU 5 DÉCEMBRE.

DES TRAVAUX !?
POURQUOI PILE AUJOURD'HUI !?
SNIF
DÉSOLÉE TAKUMI, J'AURAIS DÛ VÉRIFIER...
MAIS QUELLE IDIOTE JE SUIS !!
NE T'EN FAIS PAS, CE N'EST PAS TA FAUTE !
ON N'AURA QU'À REVENIR UNE AUTRE FOIS !
ALLEZ, LÈVE LA TÊTE !
HEIN ?

ON PEUT ALLER OÙ J'AVAIS ENVIE, À LA PLACE ?
?
OÙ IL AVAIT ENVIE... ?
DE QUOI PARLE-T-IL ?
COLLÈGE KAWAISHI CENTRE
C'EST ICI ?
LE COLLÈGE ?
OUI.
C'EST LOGIQUE QUE TOUT SOIT FERMÉ, ON EST DIMANCHE. C'EST LE SEUL ENDROIT QU'ON PEUT ESCALADER, ICI...
POURQUOI LE COLLÈGE !?
TU COMPTES ENTRER QUAND MÊME !?
EXACTE-MENT !

Bonjour et enchantée !

Merci à tous d'avoir acheté ce volume 3 de In love with you ! C'est aussi le dernier de la série, alors je remercie également tous ceux qui nous ont suivi tout ce temps !

Ceux qui ont acheté la première édition de ce manga le savent, mais pour la première fois j'ai eu l'occasion de dessiner la banderole de ce volume (la "banderole", c'est le petit bandeau qui entoure le volume quand il est encore neuf). Sachant que c'est une esquisse limitée, c'est en quelque sorte un objet de collection ^^
en général c'est ma responsable qui s'occupe de réfléchir à un thème, ce qui m'arrange bien parce que je ne suis vraiment pas douée en écriture, mais pour le coup ça fait assez original ! Je suppose que la plupart d'entre vous jette ce bout de papier à la première lecture, alors je serais très flattée si vous vouliez bien le garder cette fois-ci !

Moi je suis une grande fan de manga, alors forcément je laisse toujours les banderoles en place, et en plus je les recouvre de film plastique pour éviter de les salir ! J'ai cette manie depuis le collège, si je me souviens bien... je dois bien avoir 2000 à 3000 mangas, dont presque 90% de protégés par du film...(je sais, je suis de groupe sanguin B...)

YUNA, N'AIE PAS PEUR !
JE T'ASSURE QUE JE TE TIENDRAI BIEN !
BON...
HUM...

METS TON PIED ICI…
VOI- LÀ !
INCROYA- BLE…
VIENS !
IL FAUT DES- CENDRE, MAINTE- NANT !
BLOM
UN SEUL MOT OU GESTE DE SA PART…
C'ÉTAIT MOINS UNE… ELLE A PLONGÉ LES YEUX FERMÉS !!
ET TOUT MON CAFARD S'ENVOLE AVEC UNE TELLE FACILITÉ… !

WHA, C'EST ÉMOUVANT !!
HA !
C'ÉTAIT ICI, MA PLACE…
ET TOI TU ÉTAIS DEVANT MOI, LE RANG D'À CÔTÉ…
KIIH
KIIH
?
TAKUMI ? QU'EST-CE QUE…
!!!
YUNA TU N'AS PAS GROSSI ? TU ÉTAIS UN PEU LOURDE TOUT À L'HEURE…
…
IDIOT !!
POF
POF

JE SUIS CONTENT QU'ON AIT PU VENIR ICI, AUJOURD'HUI.
?
LE TEMPS S'EST ARRÊTÉ POUR NOUS AU COLLÈGE, ALORS...
PUISQU'ON REPREND OÙ ON EN ÉTAIT...

JE VOULAIS REVENIR UNE FOIS DANS CETTE CLASSE.
ÇA N'A PAS ÉTÉ SIMPLE, MAIS...
NOUS SOMMES DE NOUVEAU ENSEMBLE...
JE...
TAKUMI... ?
C'EST POUR ÇA QUE...
VOUS N'AVEZ PAS ENTENDU UNE VOIX, LÀ-BAS ?
MAIS NON, IL N'Y A PERSONNE...

YUNA, VIENS LÀ !!
HEIN ?
SHIII
VLAAAAM
?
HEIN ?
VOUS VOYEZ, IL N'Y A PERSONNE !
VLAAAM
TAP
...
TAP
...
TAP

HÉ BIEN, C'ÉTAIT JUSTE…
…
BOUM
BOUM
BOUM
BOUM
BOUM
BOUM
PAS BON POUR LE CŒUR, ÇA…
ON VA RESTER COMME ÇA COMBIEN DE TEMPS… ?
GNII
!!!
TAKUMI !?
JE REPRENDS OÙ J'EN ÉTAIS…
… ?

EXCUSE-MOI…
POUR TOUT CE QU'IL S'EST PASSÉ.
…
TOC
DIS-MOI…
QUE CETTE FOIS, ON NE SE QUITTERA PLUS…

TAKUMI...
C'EST CE DONT JE VOULAIS TE PARLER, AUJOURD'HUI.
BIEN SÛR !

À PARTIR DE MAINTENANT, L'AN PROCHAIN, DANS DEUX ANS AUSSI...
DÉSORMAIS NOUS SERONS TOUJOURS ENSEMBLE.
FAITES QUE CELLE QUI RESTERA À SES CÔTÉS, MAIN DANS LA MAIN...
SOIT...
TOUJOURS MOI...

MAMAN, LAISSE-MOI ICI.
QUOI ?
JE VIENS D'APERCEVOIR TAKUMI, IL ME RAMÈNERA À L'HÔPITAL !
BON, SI TU VEUX...
TAC
TAKUMI !
OKAMOTO... !

OKAMOTO…
TU N'ÉTAIS PAS EN COURSES ?
JE VIENS DE FINIR.
MA MÈRE DEVAIT RENTRER PLUS TÔT, MAIS C'EST DIFFICILE POUR MOI DE RETOURNER SEULE À L'HÔPITAL… TU VEUX BIEN ME RACCOMPAGNER ?
HEIN… ?
HEU, ÇA NE M'ARRANGE PAS TROP, LÀ…
BOUM
POUR UNE FOIS QU'ON PEUT SE RETROUVER…
BOUM
J'AURAIS BIEN AIMÉ QUE ÇA DURE ENCORE UN PEU…
BOUM
TIENS, MAIS C'EST OKAMOTO ?
HA, TU ES ENCORE AVEC TON PETIT AMI ?
FAIS ATTENTION À TA JAMBE, SI TU RETOURNES À LA CLINIQUE.
ET TOI, PRENDS SOIN D'ELLE !

IL EST CENSÉ ÊTRE SON COPAIN... ?
DÉSO-LÉE...
TOUTES LES INFIRMIÈRES PENSENT QU'ON SORT ENSEMBLE !
BON, TU AS ENTENDU CE QU'ELLE A DIT ?
ON Y VA, TAKUMI ?
NE T'EN FAIS PAS POUR MOI, AIDE-LA À RENTRER.
OKA-MOTO...
YUNA...
CE N'EST PAS VRAI, MAIS...
JE DOIS PATIENTER.
UN PETIT EFFORT...

BON, JE RENTRE AUSSI !
À DEMAIN, TAKUMI !
TAP
TAP
TAP
TAP
TAP
HAA...
HAA...
ÇA VA ALLER…
LE CONNAISSANT, ÇA VA BIEN SE PASSER.
JE N'AI PAS DE SOUCI À ME FAIRE…

C'EST LUI QUI M'A DEMANDÉ DE RESTER AVEC LUI TOUTE NOTRE VIE, APRÈS TOUT.
ELLE A DE LA CHANCE, KAGAMI...
ELLE A UN SUPER PETIT AMI...
ET DES JAMBES VALIDES...
... ?

MOI, MÊME SI LES OS SE RESSOUDENT...
IL PARAÎT QUE JE VAIS GARDER DES SÉQUELLES.
BOUM
QUOI... ?
BLAM

OKA…
ELLE A DÉJÀ TOUT POUR ÊTRE HEUREUSE, RESTE AVEC MOI… !
S'IL TE PLAÎT, HODAKA…
RESTE AVEC MOI…

JE T'EN PRIE...
...

Voici un dessin de Shiina que j'ai imaginé pour le papier à lettres que j'utilise pour répondre aux lettres de fans.
J'adore le look Kimono traditionnel et cheveux bien noirs !

CHAPITRE 13

In Love with You

S'IL TE PLAÎT…
…
…
JE PLAI-SANTE…
TU AS EU PEUR ? NE T'INQUIÈTE PAS, C'ÉTAIT JUSTE UNE BLAGUE !
…

HI HI !
JE T'AIME DEPUIS SI LONGTEMPS QUE QUAND TU ES VENU ME VOIR TOUS LES SOIRS, ÇA M'A UN PEU CHAMBOULÉE...
EN PLUS AVEC CETTE HISTOIRE DE SÉQUELLES ...
...
AU FAIT, TIENS !
C'EST UN CADEAU POUR TOI.
?
CRITCH
... DES GANTS ?

C'EST POUR TE REMERCIER D'ÊTRE AUSSI ATTENTIONNÉ.
TU LES UTILISERAS EN MOTO… !
MAIS, JE…
NE RENONCE PAS À CONDUIRE À CAUSE DE MA BLESSURE, HEIN !
!
OKA-MOTO…
JE T'OBSERVE DEPUIS LE COLLÈGE, ALORS JE SAIS BIEN…
À QUEL POINT TU AIMES ÇA.
HO… !
PAS LA PEINE DE ME RACCOMPAGNER, JE PEUX RENTRER SEULE !
TAP
TAP

...
...
GNII
QU'EST-CE QUE C'EST QUE CETTE HISTOIRE DE SÉQUELLES... ?
JE N'ÉTAIS PAS AU COURANT DE ÇA, MOI !

CLANG
COMMENT EST-CE QU'ELLE PEUT RIGOLER EN ME DISANT CELA… ?
ET MOI, QU'EST-CE QUE JE SUIS CENSÉ FAIRE ?
POF
POUR UNE FOIS QU'ON SORT TOUS LES DEUX…

JE ME DEMANDE S'IL EST DÉJÀ RENTRÉ CHEZ LUI…
HMM…
Calling
Hodaka Takumi
0903482XXXX
memo
répondre
fonction
!!
TAKUMI ?
ALLÔ, TAKUMI ?
C'EST MOI…
JE SUIS EN BAS DE CHEZ TOI.
EN BAS ?

VLAAAAM
!
TU PEUX SORTIR UNE SECONDE ?
ÇA ME FAIT PLAISIR DE LE VOIR, MAIS…
C'EST RARE QU'IL DÉBARQUE SANS PRÉVENIR…

JE PENSAIS QUE TU ÉTAIS RETOURNÉ CHEZ TOI…
DÉSOLÉ DE T'AVOIR LAISSÉE EN COURS DE ROUTE…
MAIS NON…
TOUT S'EST BIEN PASSÉ, AVEC OKAMOTO ?
…
?
JUSTEMENT, POUR SES JAMBES…
HUM ?
MÊME SI ELLE SE RÉTABLIT, IL LUI RESTERA TOUJOURS DES SÉQUELLES.
ELLE VIENT DE M'EN PARLER.
QUOI ?

Pour ce qui est des nouveautés, je suis retournée à ShizuoKa en mars dernier pour le mariage de mon amie T-chan. nous habitions le même quartier alors on est restées ensemble de la maternelle au collège, ça fait donc vraiment longtemps qu'on se connaît. le truc, c'est que son mari aussi est un camarade du collège alors une bonne vingtaine d'invités étaient des connaissances ! On aurait presque dit une réunion d'anciens élèves... on ne s'était pas revus depuis la cérémonie de passage à l'âge adulte, on a tous bien vieillis ! Le temps passe vraiment vite... en tout cas ça fait du bien de rentrer chez soi quelques fois, je l'ai encore vérifié !

Par contre, j'ai eu une belle surprise. beaucoup de camarades du collège et du lycée savent que je suis devenue mangaKa, mais j'ai quand même veillé à ce que les garçons ne soient pas au courant de mon nom d'auteur... sauf qu'il y en avait un qui le connaissait !! À suivre...

CE N'EST PAS IMPOSSIBLE...
GNII
QUE DES COUPS COMME AUJOURD'HUI SE REPRODUISENT.
BOUM
HM...
C'EST TOI MA PETITE AMIE, MAIS...
À CAUSE DE SA JAMBE, IL Y AURA SÛREMENT DES MOMENTS OÙ ELLE PASSERA AVANT.

MALGRÉ CELA...
TU VEUX QUAND MÊME RESTER AVEC MOI ?
SI C'EST TROP DOULOUREUX POUR TOI, IL VAUT MIEUX...
... QUOI ?
UNE PETITE SECONDE...

COMMENT PEUT-IL DIRE ÇA AUSSI FACILEMENT ?
ドスッ
BLOM
!!?
KEUF
KEUF
YUNA... ?
QUE...
PAS QUES-TION...
ON NE VA PAS SE SÉPARER POUR ÇA !

ON S'EST ENFIN RETROUVÉS APRÈS DEUX ANS ET DEMI...
ALORS NE PARLE PAS DE ÇA AUSSI LÉGÈREMENT !

YUNA…
EXCUSE-MOI…
DÉCIDÉMENT, JE FAIS TOUT DE TRAVERS…

ON VA S'ACCROCHER TOUS LES DEUX, HEIN ?
TOUS LES DEUX…
NOUS NE SOMMES PLUS LES MÊMES QU'À CETTE ÉPOQUE.
ON VA AVANCER MAIN DANS LA MAIN…
PLUS FORTS QUE TOUT…

SHAA
SHAA
VHH
VHH
From Okamoto Ayaka
Subject Sans titre
Je dois aller
à l'hôpital, aujourd'hui.
Je t'attends (*^_^*)
répondre
effacer
choisir
fonction
...
HA, EXCUSE-MOI.
C'EST OKAMOTO... ?
DÉSOLÉ...

MAIS NON, NE T'EN FAIS PAS.
À DEMAIN !
AUJOURD'HUI AUSSI...
JE VEUX BIEN FAIRE DES EFFORTS, MAIS ÇA VA DURER COMBIEN DE TEMPS ?
TU N'AS PAS L'AIR EN FORME CES TEMPS-CI, ÇA NE VA PAS ?

SHIINA…
JE… JE T'ASSURE QUE TOUT VA BIEN !
SUPER BIEN !
GHH…
VU TA TÊTE, TU MENS !
BLAM
!!!
IL EST BEAUCOUP PLUS DIRECT DEPUIS QU'ON EST SÉPARÉS…
ET L'AUTRE, IL VA OÙ EN TE LAISSANT SEULE TOUS LES JOURS ?
…
ÇA A UN RAPPORT, NON ?
HEU, EN FAIT…
JE N'EN AVAIS PAS ENTENDU PARLER…

L'ACCIDENT N'EST PAS VRAIMENT SA FAUTE, MAIS IL SE SENT RESPONSABLE ...
ALORS AVEC CETTE HISTOIRE DE SÉQUELLES, IL EST PERTURBÉ.
C'EST POUR ÇA QUE JE LE LAISSE FAIRE, SI ÇA PEUT LE SOULAGER.
REMARQUE, CE N'EST PAS EN FAISANT CETTE TÊTE QUE JE VAIS L'AIDER !
DES SÉQUELLES... ?

TOC
!!?
FROT
QUE... QUOI ?
ARRÊTE, ÇA FAIT MAL !
FROT
BAH
HUM...
DZIIIH
?
DZIIIH
?
ALORS DU COUP, TU PASSES TON TEMPS À L'ATTENDRE ?

JE NE T'AI PAS LAISSÉE RETOURNER VERS LUI POUR TE VOIR AUSSI TRISTE.
TU ES SA COPINE, TU AS LE DROIT DE LUI DIRE SI ÇA T'ENNUIE !
HEIN ?
GNI
HEU...
MAIS...
!!

SHIINA...

MERCI POUR TOUT…
JE VAIS ESSAYER DE LUI EN PARLER.
REMARQUE, ÇA NE ME DÉRANGE PAS SI ÇA SE TERMINE COMME L'AUTRE FOIS.
SHIINA M'A ENCORE REMONTÉ LE MORAL…
IL A RAISON, JE NE DOIS PAS RESTER SANS RIEN FAIRE…
JE VAIS FAIRE MON POSSIBLE AUSSI !
CLIC
CLIC

ORTHOPÉ
BONJOUR, J'AURAIS UNE QUESTION À VOUS POSER…
ÔPITAL PUBLIC AOZAKURA
TEL : XXX–XXX–XXX
CLINIQUE ORTHOPÉDIQUE DE AOZAKURA EST
TEL : XXX–XXX–XX
CLINIQUE SPÉCIALISÉE !
CLINIQUE YAMAMOTO
TEL XXX–XXX–
CENTRE ORTHOPÉDIQUE TOJIMA
TEL : XXX–XXX–X
ON LUI A DIT QU'ELLE GARDERAIT DES SÉQUELLES, MAIS…
EST-QUE VOTRE HÔPITAL PEUT FAIRE QUELQUE CHOSE ?

VHH
VHH
boîte de ré
2010/12
From Hodaka Taku
Subject sans titre
Je suis en route.
OKAMOTO ?
?
SHI... SHIINA ?
QUEL HASARD DE SE RENCONTRER ICI...

TU T'ES BLESSÉE À UNE JAMBE ?
OUI, JUSTE UNE CASSURE... ET TOI, QU'EST-CE QUE TU FAIS LÀ ?
MON COUSIN EST MÉDECIN ICI.
UN AMI S'EST CASSÉ UN BRAS ET EST PERSUADÉ QU'IL VA AVOIR DES SÉQUELLES, ALORS JE VOULAIS LUI DEMANDER SON AVIS.
HÉ BIEN... LE PAUVRE...
J'AI UN PEU DE MAL À CROIRE QU'UNE BLESSURE AUSSI SIMPLE LAISSE DES TRACES, ALORS...

GLOUP...
IL SUFFIT DE DEMANDER À UN SPÉCIALISTE POUR ÊTRE RENSEIGNÉ SUR-LE-CHAMP, NON ?

Cette esquisse aussi devait servir pour le papier à lettre que j'utilise pour les fans.
Enlève tes sales pattes !
Et toi ne sois pas familier avec elle !

CHAPITRE 14

J'AI UN PEU DE MAL À CROIRE QU'UNE BLESSURE AUSSI SIMPLE LAISSE DES TRACES, ALORS...
IL SUFFIT DE DEMANDER À UN SPÉCIALISTE POUR ÊTRE RENSEIGNÉ SUR-LE-CHAMP, NON ?

...
BAH
C'EST VRAI !
MÊME MOI, ÇA M'A SURPRISE !
MAIS...
C'EST MIEUX POUR TOI AUSSI QUE ÇA CONTINUE COMME ÇA, NON ?

C'EST VRAI...
HA, HAYATO !
TE VOILÀ ?

DE QUOI EST-CE QUE TU VOULAIS ME PARLER ?
HA...
À TON AVIS...
HEU...

HÔPITAL PU
TEL :
CLINIQ
TEL
CLI
AUCUNE RÉPONSE...
CE N'EST PAS FACILE D'OBTENIR DES RENSEIGNEMENTS AVEC LE PEU D'INFORMATIONS QUE J'AI...
APPAREMMENT JE NE PEUX PAS FAIRE GRAND-CHOSE...
HUM...
FINALEMENT, IL NE ME RESTE PLUS...
QU'À ATTENDRE...
CLAP
YUNA !
GLOUP

TU ÉTAIS LÀ ?
JE T'AI CHERCHÉE !
TAKUMI...
QU'EST-CE QUE TU FAIS, IL FAIT FROID !
HEU...
JE RÉFLÉCHIS-SAIS UN PEU...
HUM...

HA...
AU FAIT, TIENS.
FLAP
?
DES TICKETS POUR LE NEZUMI LAND ?
OUI.
JE LES AI EUS PENDANT LA FÊTE DE L'ÉCOLE, ILS SONT VALABLES ENCORE JUSQU'À LA FIN DU MOIS.
L'AUTRE FOIS ON A ÉTÉ INTERROMPUS, ALORS...
ÇA TE DIT DE RÉESSAYER ?
CETTE SEMAINE, ÇA TE VA ?
OUI, BONNE IDÉE !

Ça faisait vraiment longtemps qu'on se s'était pas vus, et là il me sort de but en blanc :

"Je sais que c'est toi, AiKawa SaKi !"
"C'est normal de vouloir savoir ce que deviennent les enfants du pays, non ?"
...

Ceux qui me suivent depuis mes débuts le savent sans doute, mais mon premier nom d'auteur était Shizuki SaKi. autrement dit il fallait vraiment qu'on soit proche pour être au courant du nouveau, alors j'ai bêtement cru que j'étais tranquille...
même encore maintenant je déteste être mise à nue devant des connaissances, c'est pour ça que je suis toujours réticente à faire lire mes œuvres. je sais que je devrais dépasser cela, mais je n'arrive vraiment pas à relativiser... d'ailleurs quand j'ai su que le mari d'une très bonne amie A me lisait aussi, j'étais tellement gênée que j'ai bien cru que jamais je n'oserais le rencontrer ! Décidément non, c'est trop gênant quand vos proches découvrent vos histoires...

MAIHAMA
Maihama
葛西臨海公
Kasairinkaikoue
TŌKYŌ NEZUMI SEA PARC
TŌKYŌ NEZUMI LAND PARC

LAND PARC
JE SUIS ARRIVÉE EN AVANCE...
JE M'ÉTAIS TOUJOURS DIT QUE LE JOUR OÙ J'AURAIS UN COPAIN, ON VIENDRAIT ICI TOUS LES DEUX !
ON EST À NEZUMI LAND !
HI HI HI !
VIVEMENT QUE TAKUMI ARRIVE...
HAAA... CLANG
HAAA... CLANG
VHH VHH
YUNA ?

Boîte de réception
2010/12/11 08:35
From Okamoto Ayaka
Subject Sans titre
J'ai un contrôle pour ma jambe, aujourd'hui ! Je t'attends dans le hall à 9h, hein ?
...
CLANG
CLANG
...
POURQUOI TOUJOURS AU MAUVAIS MOMENT... ?
TÔKYÔ NEZUMI LAND PARC
TÔKYÔ NEZUMI SEA PARC
WHAA
WHAA
VHHH
VHHH
1 message
!!
IL EST PEUT-ÊTRE DÉJÀ ARRIVÉ ?

L'HÔPITAL...
QUE...
BOUM
08:48
Boîte de réception
2010/12/11 08:47
Hodata Takumi
Sans titre
Excuse-moi.
Je dois passer à l'hôpital avant, alors j'aurai un peu de retard.
Vraiment désolé.
ENCORE POUR OKAMOTO...
TANT PIS, APRÈS TOUT ON A DIT QU'ON SE SERRERAIT LES COUDES...
COURAGE... IL VA VENIR AVEC UN PEU DE RETARD, C'EST TOUT...
JE DOIS RESTER FORTE...

Entendu. Je t'attends devant la gare.
CLIC
CLIC
POURVU...
COU-RAGE...
QUE ÇA N'ARRIVE PAS TROP SOUVENT QUAND MÊME...
J'ESPÈRE QUE JE POURRAI LE SUPPORTER... ?
HÔPITAL GÉNÉRAL
KAGAMI DOIT BIEN S'AMUSER, À L'HEURE QU'IL EST...

MAIS...
QU'EST-CE QU'IL FAIT LÀ ?
IL DEVRAIT ÊTRE À MAIHAMA !?
DAKA ...
HODAKA !
SHIINA...
QU'EST-CE QUE TU FABRIQUES ?
HEIN ? ET TOI, ALORS ?
JE SUIS VENU VOIR MON COUSIN... !

ET KAGAMI ?
TU NE DEVAIS PAS LA RETROUVER ?
PFU...
?
J'ÉTAIS EN ROUTE, MAIS OKAMOTO M'A DEMANDÉ DE VENIR LA REJOINDRE.
J'AI PRÉVENU YUNA QUE JE SERAI EN RETARD.
QUOI !?
...

TU ES DÉBILE OU QUOI ?
WHAA
?
?
PARDON ?
TU VAS CONTINUER CE PETIT JEU COMBIEN DE TEMPS ?

...
C'EST QUAND MÊME AUSSI MA FAUTE, SI ELLE EST BLESSÉE !
JE L'ACCOMPAGNERAI JUSQU'À CE QU'ELLE AILLE MIEUX !
ALORS TU VAS LUI OBÉIR AU DOIGT ET À L'ŒIL TOUTE TA VIE ?
JE...
GN !

TU NE PENSES VRAIMENT QU'À TOI, HEIN ?
QUE...

TU VEUX JUSTE ÊTRE IRRÉPROCHABLE !
À AUCUN MOMENT TU N'AS RÉFLÉCHI À CE QUE POUVAIT RESSENTIR KAGAMI EN T'ATTENDANT !!
...
FINALEMENT TU ES COMME AVANT, TU NE PENSES QU'À TOI...
MAIS MOI, JE NE SUIS PAS COMME ÇA.
JE NE LA FERAI PAS SOUFFRIR...

PUISQUE C'EST AINSI QUE TU LA TRAITES, TU VAS ME LA RENDRE !

...
VHHH
VHHH
J'aurais vraiment aimé que tu viennes, aujourd'hui...
YUNA... ?

J'AURAIS VRAIMENT AIMÉ QUE TU VIENNES, AUJOURD'HUI...
JE SAIS QUE CE N'EST PAS TA FAUTE, MAIS...
QUAND JE ME DIS QUE ÇA RISQUE DE DURER ENCORE LONGTEMPS...

ÇA ME FAIT PEUR.
GN...
BAAH

HODAKA !
ATTENDS ! OÙ VAS-TU ?
TAP...
J'ARRÊTE...
HEIN ?

ÇA M'ÉNERVE DE L'AVOUER, MAIS...
C'EST BIEN LUI QUI A RAISON.
JE FAIS VRAIMENT N'IMPORTE QUOI.
CRIC...
C'ÉTAIT LA DERNIÈRE FOIS QUE JE T'ACCOMPAGNAIS ICI.

MAIS...
ET POUR MA BLESSURE, ALORS ?
TU VAS M'ABANDONNER ? C'EST IGNOBLE !
PFU
PEUT-ÊTRE, MAIS JE M'EN FICHE.
QUE... ?

TOUT CE QUE JE VEUX, C'EST QUE LA PERSONNE QUE J'AIME ME COMPRENNE.
CE QUE TU PENSES DE MOI, C'EST LE DERNIER DE MES SOUCIS.

J'AURAIS DÛ M'EN RENDRE COMPTE PLUS TÔT.
ATTENDS !!
ATTENDS, HODAKA...
IL FAIT FROID...
HAA...
HODAKA... !
SHAA
SHAA
PEUT-ÊTRE QU'IL VAUT MIEUX QUE JE RENTRE, MAINTENANT...
TAP

POURQUOI EST-CE QU'ON N'IRAIT PAS À L'INTÉRIEUR, AU LIEU DE L'ATTENDRE ICI ?
BOUM...
TAKUMI ?

J'ai eu besoin de ce dessin pour
mon utilisation personnelle, et en
grande quantité. c'est pour ça qu'ils
sont de profil, c'est plus simple et
les proportions sont plus faciles
à respecter !

In Love with You

HAA…
HAA…
QU'EST-CE QUE JE FABRIQUE… ?
JE REPRODUIS CE QU'IL S'EST PASSÉ AU COLLÈGE !
APPAREMMENT…
JE N'AI PAS ÉVOLUÉ DEPUIS…

Bien, c'est le dernier petit mot que je peux écrire, alors... je n'ai pas trop envie d'en parler, mais comme je n'y couperai pas... vous avez dû remarquer que ce volume se conclut avec deux histoires courtes ? Je savais qu'en publiant cette série en relié ce serait le passage obligé, mais il n'empêche que c'est toujours aussi gênant de voir ses anciennes œuvres ressortir au grand jour !!

Pour Glittering 17, je me souviens qu'à l'époque j'avais vraiment eu l'impression de faire de mon mieux. Lucky time était prévu pour un numéro spécial du magazine, mais il me semble que je n'avais pas eu beaucoup de temps pour le fignoler... dans tous les cas, je devais avoir 19 ou 20 ans à l'époque, c'est pour dire ! Moi j'ai trop honte pour oser les relire, mais j'espère pouvoir compter sur votre indulgence... en fait seuls ceux qui promettent de ne pas se moquer de moi auront le droit de poursuivre leur lecture !
^^

TÔKYÔ NEZUMI LAND PARC
PLIC
PLIC
SHAAAA
SHIINA !?
MAIS... QU'EST-CE QUE TU FAIS ICI ?
ET LUI ?
HEIN ?

HODAKA N'EST PAS LÀ ?
HEU...
NON, PAS ENCORE...
CRIC...
QU'EST-CE QUE TU LUI TROUVES, HEIN ?
!
IL NE PENSE QU'À LUI...
ET MÊME AUJOURD'HUI, IL FAIT PASSER OKAMOTO AVANT TOI !
MAIS C'EST PARCE QUE...

JE TE L'AI DÉJÀ DIT…
JE NE T'AI PAS LAISSÉE ALLER VERS LUI POUR TE VOIR TIRER CETTE TÊTE.
…
?
POURQUOI PAS MOI ?

JE PRENDRAIS BEAUCOUP PLUS SOIN DE TOI, MOI.

SHII... NA... ?
SHAAAA
JR
舞浜駅
Maihama Station
掘切
ジャンクション
Horikiri JCT.
湾岸線
BAYSHORE-ROUTE
C2
B
SHAAAA
JE NE VOIS PRESQUE RIEN...

6 銀座
Ginza
9 C1 箱崎
Hakozaki
掘切
ジャンクション
Horikiri JCT.
湾岸線 C2
BAYSHORE-ROUTE B
四つ木
Yotsugi
ザアアア…
SHAAA
JE SUIS DÉSOLÉE…
…

JE SAIS QUE TU AS FAIT BEAUCOUP POUR MOI ET QUE JE TE SUIS REDEVABLE…
MAIS…
JE N'AI PLUS D'HÉSITATION.
JE SAIS TRÈS BIEN CE QUE JE RESSENS, MAINTENANT.
BON, ALORS ON VA ATTENDRE ENSEMBLE QUE L'AUTRE IDIOT S'AMÈNE.
HEIN ?

IL COMMENCE À FAIRE FROID, ON DEVRAIT S'ABRITER AILLEURS.
D'ACCORD...
11:17
HAA...
PLUS DE 11H...
TÔKYÔ NEZUMI LAND PARC
ON DEVAIT SE RETROUVER À 8H !

WHAA
WHAA
HAA...
HAA...
C'EST LOGIQUE QU'ELLE SOIT DÉJÀ...
REPARTIE...

BAAAH
...
TAKUMI ?
!
... !!

DÉSOLÉ…
HAA…
HAA…
POUR LE RE-TARD…
UNE SER…
MAIS, POURQUOI EST-CE QUE TU ES AUSSI MOUILLÉ ?
TU N'ES PAS VENU EN TRAIN ?
UNE SER-VIETTE…

PARDON…
JE N'AI PENSÉ QU'À MOI…
SANS IMAGINER CE QUE TU POUVAIS RESSENTIR…
JE SUIS VRAIMENT…
DÉSOLÉ…

TAKUMI…
TU AVAIS TOUT À FAIT RAISON, SHIINA…
MAIS…
JE NE SUIS PLUS LE MÊME QU'AU COLLÈGE !
JE NE M'ENFUIRAI PAS…
QUOI QU'IL ARRIVE, JE NE LAISSERAI PAS YUNA M'ÉCHAPPER.

QUEL ÉGOÏSME…
… DÉSOLÉ !
MAIS…
C'EST QUAND MÊME LUI QUE TU PRÉFÈRES, HEIN KAGAMI ?
BON, MAIS NE VIENS PAS PLEURER VERS MOI APRÈS !

JE RENTRE.
SHIINA...
IL A ÉTÉ ADORABLE...
JUSQU'AU DERNIER MOMENT...
WOUAAH...
C'EST LA PREMIÈRE FOIS...
QUE JE VAIS CHEZ LUI !
C'EST BIEN RANGÉ...
HÉ ! ARRÊTE DE SCRUTER DANS TOUS LES COINS !
GLOUP
ドキーッ
HA ! HA ! HA !

AU FAIT, J'AI LU TOUTES TES LETTRES QUI DATENT DU COLLÈGE.
QUOI !?
MAIS ÇA FAIT PLUS DE DEUX ANS !!
ET ALORS ?
TIENS...
PLAF
WHAAAA !!
BLOM
OUBLIE ÇA, BALANCE TOUT ÇA !!
HEU, TROP TARD.
...
HAAAA !!
QU'EST-CE QUE J'AVAIS ÉCRIT, DÉJÀ !? PAS DES TRUCS TROP RIDICULES !?
HAA...
JE NE M'EN SOUVIENS MÊME PLUS...
TIENS...

J'AI VOULU TE RÉPONDRE AUSSI.
HEIN... ?
UNE RÉPONSE ?
JE L'AVAIS PRISE AVEC MOI POUR TE LA DONNER...
JE PEUX LA LIRE ?
VAS-Y...
HEU...
C'EST LA PREMIÈRE FOIS QUE J'ÉCRIS CE GENRE DE LETTRE, ALORS JE NE SAIS PAS TROP QUOI METTRE...
J'AI LU TOUS TES COURRIERS.
MERCI D'AVOIR ATTENDU, ET D'AVOIR TOUJOURS CRU EN MOI.

...
IL Y A DES TRACES...
DE CORRECTIONS UN PEU PARTOUT...
HEU... C'EST LA PREMIÈRE FOIS QUE J'ÉCRIS CE GENRE DE LETTRE, ALORS JE NE SAIS PAS TROP QUOI METTRE...
J'AI LU TOUS TES COURRIERS.
MERCI D'AVOIR ATTENDU, D'AVOIR TOUJOURS CRU EN MOI.
J'ESPÈRE QU'ON RESTERA TOUTE NOTRE VIE ENSEMBLE.

ON VOIT QU'IL A EU DU MAL, MAIS IL S'EST ACCROCHÉ POUR MOI !
ÇA ME FAIT SUPER PLAISIR !
MERCI !
CE SERA UN DE MES PLUS PRÉCIEUX TRÉSORS…

SALUT !
HODAKA ?
!
QUE...
QU'EST-CE QUE ÇA VEUT DIRE ?
JÔNAN
QU'EST-CE QU'ELLE FAIT ICI ?
ON A QUELQUE CHOSE À TE DIRE...
QUOI ?

JE SUIS VRAIMENT DÉSOLÉ POUR TA BLESSURE…
EXCUSE-NOUS !!
BAAH
!!
TIENS !
J'AI CHERCHÉ QUELQUES CLINIQUES QUI POURRAIENT S'OCCUPER DE TA JAMBE.
J'AI BIEN ESSAYÉ DE LES APPELER POUR SAVOIR S'ILS PEUVENT TE SOIGNER, MAIS…
JE N'AI PAS PU LEUR EXPLIQUER EN DÉTAILS, ALORS IL VAUT MIEUX QUE TU LEUR EN PARLES TOI-MÊME.
…
BLAM

BANDE D'IMBÉCILES, VOUS Y AVEZ CRU !?
TOUT ÉTAIT FAUX, ÉVIDEMMENT !!
ET VOUS ?
VOUS VENEZ VOUS EXCUSEZ BÊTEMENT, VOUS GASPILLEZ VOTRE TEMPS À CHERCHER DES MÉDECINS...
J'HALLUCINE !
J'EN AI MARRE...
VOUS ALLEZ BIEN ENSEMBLE, LES DEUX IDIOTS !
...

J'AI L'IMPRESSION QUE CETTE FOIS, ON VA ENFIN POUVOIR SORTIR ENSEMBLE…
SI J'AVAIS SU CELA, AU COLLÈGE !
ÇA NOUS A PRIS DU TEMPS, MAIS ON S'EST FINALEMENT RETROUVÉS.
ALORS CE N'ÉTAIT PAS VRAI, CETTE HISTOIRE DE SÉQUELLES ?
HEUREUSEMENT, ELLE EST DÉJÀ GUÉRIE…

C'EST VRAI.
MAIS BON, PEUT-ÊTRE QU'ON AVAIT BESOIN D'EN PASSER PAR LÀ…
SHII
APRÈS TOUT CE QU'ON A TRAVERSÉ, ON EST BEAUCOUP PLUS PROCHES QU'AVANT, NON ?
ON A BEAUCOUP HÉSITÉ…
FAIT DE GRANDS DÉTOURS…

ET RIEN NE RATTRAPERA CELA...
MAIS...
C'EST CE QUI NOUS A FAIT AVANCER PAS À PAS.
LA PREUVE, AUJOURD'HUI...
NOUS SOMMES EN PLEINE ROMANCE...
In love with you - Fin -

Voici Serizawa, de Glittering 17,
si je l'avais dessiné aujourd'hui.
En tout cas j'aime toujours autant
les tenues traditionnelles malgré les années !

D'ailleurs soit dit au passage, je n'ai quasiment
rien corrigé de mes deux anciennes œuvres.
J'ai prétexté ne pas avoir assez de temps,
mais c'est plutôt que j'aurais été tentée
de tout refaire du début à la fin !!

Bref, que ceux qui me jurent
d'être magnanimes continuent
leur lecture...

SPARKLING
LUCKY TIME

TU ES AU COURANT ?
IL Y A UN SITE OÙ ON PEUT FAIRE DES VŒUX QUI MARCHE SUPER BIEN, SUR INTERNET !
HA OUI, TOUT LE MONDE EN PARLE !
IL PARAÎT QUE PLEIN DE FILLES ONT TROUVÉ UN COPAIN GRÂCE À ÇA.
SÉRIEUX !? LA CHANCE !!
QUOI ?
C'EST VRAI ? C'EST QUEL SITE ?
CLAP
JE M'APPELLE YUNA MOCHIZUKI.
CE LIVRE AUSSI AGIT BIEN...
HA BON ?
J'AI 16 ANS, ET J'ADORE LA VOYANCE ET LES SORTILÈGES. ♡
HUM...
CONCENTRÉE...
CECI DIT, J'AI D'AUTRES MOUTONS À FOUETTER...

ぱっ
PLAF
ENCORE CES TRUCS-LÀ ?
WHAA, YAMATO ! ♡
TU AS TOUJOURS AIMÉ ÇA, HEIN MOCHIZUKI ?
…
BON, À PLUS…
ひら ひら
FLAP
FLAP
JE N'AI MÊME PAS ASSEZ DE CRAN POUR ME RAPPROCHER UN PEU DE L'ÉLU DE MON CŒUR…
…
SHIIIII

YUNA !! POURQUOI EST-CE QU'À CHAQUE FOIS QU'IL VIENT TE VOIR...
TU NE RÉPONDS RIEN !?
DIRE QUE VOUS ÊTES DANS LA MÊME ÉCOLE DEPUIS LE PRIMAIRE...
RÉAGIS, SINON IL VA FINIR PAR TE TROUVER BIZARRE !
JE SAIS, MAIS JE SUIS TROP NERVEUSE...
COMMENT SERAIT-IL POSSIBLE QUE YAMATO AIME UNE FILLE AUSSI NULLE QUE MOI ?
SI JE TROUVAIS UN VRAI PORTE-BONHEUR, PEUT-ÊTRE QUE NOS RELATIONS CHANGERAIENT ?

C'EST ÇA, LE SITE DONT ELLES PARLAIENT ?
HO ! DU QUARTZ ROSE, PIERRE DE L'AMOUR INCONDITIONNEL...
C'EST ÇA QU'IL ME FAUT !
CLIC
ON DOIT LE METTRE À GAUCHE...
JE VAIS Y FAIRE BIEN ATTENTION !
EN PLUS C'EST MIGNON !
WHA, C'EST DÉJÀ ARRIVÉ !
PORTE-BONHEUR RELATIONS AMOUR
"CES PIERRES PRÉCIEUSES PERDENT LEURS PROPRIÉTÉS SI ELLES SONT SALIES OU CASSÉES.
MANIPULEZ-LES AVEC SOIN."
BON, ON VA D'ABORD VÉRIFIER SI L'HOMME DE MA VIE EST DANS LE COIN...
FLAP

"ACCROCHEZ CE BRACELET À VOTRE POIGNET GAUCHE ET FERMEZ LES YEUX.
OUVREZ ENSUITE UN LIVRE AVEC DES NOMS OU DES PHOTOS DE PERSONNES...
ET POINTEZ VOTRE DOIGT QUAND VOUS SENTEZ QUELQUE CHOSE."
TING
C'EST LÀ !
C'EST LÀ QUE JE SENS LE NOM QUE CELUI QUI...
10
11
12 SHIROSAKI YAMATO
13
14
TAP
!!!
ALORS C'EST YAMATO, CELUI QUI M'EST DESTINÉ !?
WHAAAA !!

WHAAAA...
IMPOSSIBLE, IMPOSSIBLE !!
APRÈS TOUT, J'AI MON PORTE-BONHEUR !
IL PARAÎT QUE CE SITE MARCHE BIEN, JE VAIS FAIRE ENCORE UN VŒU !
N'EMPÊCHE QUE...
JE DONNERAIS BEAUCOUP POUR QUE CE SOIT VRAI...
SI SEULEMENT ON POUVAIT SE RETROUVER TOUS LES DEUX...
"SORT POUR NE PLUS ÊTRE SEULE : PRIER EN EXPOSANT LE QUARTZ ROSE AUX RAYONS DE LA LUNE."
FAITES QUE YAMATO ET MOI PUISSIONS PASSER DU TEMPS ENSEMBLE...

"ÉCRIRE ENSUITE SON NOM AINSI QUE CELUI DE L'ÊTRE AIMÉ SUR UN PAPIER INSÉRÉ DANS UNE ENVELOPPE VIOLETTE.
SHIROSAKI YAMATO
MOCHIZUKI YUNA
LA LAISSER UNE NUIT...
PUIS LA PORTER SUR SOI DÈS LE LENDEMAIN."
KAWANO...
SUZUSHIRO !
HUM...
じーー
JE ME DEMANDE SI ÇA AGIT VRAIMENT, CE TRUC...
MASUDA...
MOCHIZUKI...
MORI !
YANAGIDA !
HUM...
TOUS CEUX QUE JE VIENS DE CITER VONT EN RATTRAPAGES !
QUOI !?
NON !!
C'EST IMPOSSIBLE !?
MOCHIZUKI ET SHIROSAKI, VENEZ VOIR.
ON A ÉTÉ APPELÉS TOUS LES DEUX...
MOCHIZUKI, TU T'ES VRAIMENT PLANTÉE À CE CONTRÔLE.

SHIRO-SAKI…
TU VAS LUI DONNER DES COURS JUSQU'À L'EXAMEN DE RATTRAPAGE.
PARDON ?
BON…
POURQUOI PAS ?
QUOI ?
J'HALLUCINE, LE SORT A AGI ?

どきん
BOUM
どきん
BOUM
JE SUIS CONTENTE, MAIS...
JE SUIS AFFREUSEMENT NERVEUSE !!
どきん
BOUM
J'ESPÈRE QUE ÇA NE SE VOIT PAS... JE N'AI PAS L'AIR BIZARRE ?
ZUKI...
MOCHIZUKI !
HEU...
GLOUP
...
HAA !!
がばッ
BLAM
!!?
QUE... YAMATO !?
QU'EST-CE QUE TU AS ?
ガタ
CLANG

TU NE TE SENS PAS BIEN... ?
BÈÈH !
C'EST JUSTE QUE JE SUIS UN PEU NERVEUX D'ÊTRE AVEC TOI
HEIN ?
QUE...
IDIOT !! J'AI VRAIMENT EU PEUR !!
GRRR
HA HA HA !
PARDON, PARDON !
AU MOINS...
ÇA T'A FAIT SOURIRE !
HEU...
BOUM
IL A REMARQUÉ QUE J'ÉTAIS TENDUE ?

BON, ON SE MET AU BOULOT ?
OK...
J'AI TOUJOURS ADMIRÉ YAMATO...
ALORS C'EST UN RÊVE QU'IL ACCEPTE DE ME CONSACRER DU TEMPS...
LE PORTE-BONHEUR EST VRAIMENT EFFICACE !
FEU D'ARTIFICE 25 JUILLET
UN FEU D'ARTIFICE ?
...

SI ON POUVAIT Y ALLER TOUS LES DEUX…
IL DOIT ÊTRE BEAU EN YUKATA !
HAAA…
TROP CRAQUANT !
HI HI !
IL NE ME RESTE QU'À TROUVER UN SORT POUR L'INVITER AU FEU.
BAAH
RECUEIL DE SORTILÈGES
"ENVOÛTEMENT POUR L'INVITER AU FEU D'ARTIFICE." "EXPOSER LE BRACELET À L'ODEUR D'UNE BOUGIE PARFUMÉE…
ET DESSINER UN ÉTOILE SUR SA MAIN."
BOUM
DU CALME…
BOUM
GNI
BOUM
J'AI TOUT FAIT COMME IL FALLAIT, ÇA VA BIEN SE PASSER !
HEU…
YAMATO…

HEU...
JE...
QUOI ?
...
PSHIIIIH
J'AI LANCÉ MON SORT, COURAGE !
JE DOIS ME LANCER !
TU... TU...
OUI ?
TU VEUX BIEN M'ACCOMPAGNER AU FEU D'ARTIFICE !?
...
IL NE RÉPOND PAS, J'EN ÉTAIS SÛRE...
D'ACCORD !
BRRR SNIF

QUOI ?
TU AS RÉUSSI TES RATTRAPAGES, HEIN ?
HEIN ?
COMMENT EST-CE QU'IL LE SAIT ?
ALORS D'ACCORD, CE SERA POUR TE FÉLICITER !
NON... !

INCROYABLE !! C'EST DE LA VRAIE MAGIE !!
JE VAIS SORTIR AVEC YAMATO !!
C'EST ENFIN DEMAIN...
TANT QUE J'AURAI CE BRACELET, JE N'AI RIEN À CRAINDRE.
DEMAIN JE VAIS MÊME LUI FAIRE MA DÉCLARATION D'AMOUR !
SHII
BON, UN SORT POUR QUE ÇA SE PASSE BIEN...
"DORMIR AVEC DES PÉTALES DE ROSE PRÈS DE VOTRE BRACELET."
FAITES QUE DEMAIN...

TOUT SE PASSE BIEN...
J'AI FINI L'ENCHANTEMENT, J'AI PRIS LE LIVRE...
IL NE ME RESTE PLUS QU'À ME LANCER !
MOCHIZUKI, TU M'AS ATTENDU ?
HO, EN YUKATA ? ÇA TE VA BIEN !
HEU...
MERCI...
LA HONTE...
BON, ON Y VA ?
D'ACCORD !
TAP
HA...
JUSTE UNE CHOSE...

GNIII
C'EST POUR QU'ON NE SE PERDE PAS.
BOUM

SI TU VEUX !
QUEL BONHEUR, ON SE TIENT MÊME LA MAIN !
SHOUUUUU
MAIS C'EST YAMATO ! ÇA FAIT UN BAIL !
!?
HO, SALUT !
DES CO-PAINS À LUI !?
ILS VONT SE FAIRE DES IDÉES, ON DOIT SE LÂCHER...
GNI !
HUM ?

どき
BOUM
YA... YAMATO...
TA MAIN...
ILS VONT SE FAIRE DES IDÉES...
どき
BOUM
SA MAIN...
EST TOUJOURS AUSSI SERRÉE...
ぎゅう
GNIII
NE T'EN FAIS PAS, C'EST TRÈS BIEN COMME ÇA.

BOUM
SHOUUUUU
BOUM
BOUM
J'AI ENVIE DE LUI DIRE...
BOUM
JE SUIS SÛRE QUE ÇA VA BIEN SE PASSER...
TING
ALLEZ MON BRACELET, DONNE-MOI UN PEU DE COURAGE...
!!
BOM
CRIC

SHAAAA
QUE... NON !?
?
QU'EST-CE QU'IL Y A, TU T'ES FAIT MAL ?
...
BAAAH
...

NON... SANS ÇA JE NE PEUX RIEN FAIRE !
...
やきそば
TU N'AS PAS L'AIR BIEN, TU VEUX TE REPOSER ?
TU N'AS PAS LA FORME, DEPUIS TOUT À L'HEURE...
BOUM
TU VEUX ALLER VOIR LES STANDS ? ILS VENDENT DES POMMES D'AMOUR...
...
MOCHI-ZUKI...

NON... !!
は BAH
HA...

EXCUSE-MOI...
DE RIEN...
"CES PIERRES PRÉCIEUSES PERDENT LEURS PROPRIÉTÉS SI ELLES SONT SALIES OU CASSÉES.
MANIPULEZ-LES AVEC SOIN"
BON, JE TE LAISSE ICI...
OUI...
...

LES MANIPULER AVEC SOIN...
HAA...
FLAP
POUR FINIR...
IL RESTE UNE DERNIÈRE CONSIGNE...
"CE PORTE-BONHEUR..."
NOUS DEUX, C'EST FINI...
EXACTEMENT COMME CES PIERRES.

"CE PORTE-BONHEUR EST UN SOUTIEN, MAIS NE FAIT PAS TOUT.
NOUS ESPÉRONS QU'UN MAXIMUM DE PERSONNES AURONT SU TROUVER LE COURAGE QUI LEUR MANQUAIT GRÂCE À CE LIVRE."
TAP
MAIS OUI...
J'AI TELLEMENT COMPTÉ SUR LES SORTS QUE JE N'AI ENCORE RIEN FAIT DE MOI-MÊME !
YA... YAMATO...
ATTENDS !
HAA...
HAA...
JE DOIS LUI AVOUER CE QUE JE RESSENS...
QUOI ?
TU M'AS COURU APRÈS ?
JE...

JE T'AIME !
JE SUIS AMOUREUSE...
DE TOI...
QU'EST-CE QUE...
TOUT À L'HEURE, TU...

JE SAIS, MAIS...
C'EST PARCE QUE JE N'AI PAS LE COURAGE DE TE REGARDER EN FACE...
MOCHI-ZUKI...
J'AI UTILISÉ DES SORTS, ET LÀ ON S'EST RAPPROCHÉS COMME PAR MIRACLE...
MAIS QUAND MON BRACELET S'EST BRISÉ, J'AI PERDU CONFIANCE EN MOI...
MOCHI-ZUKI...
EST-CE QUE TOI, TU...

ÇA VA...
J'AI COMPRIS CE QUE TU RESSENTAIS, MAINTENANT.
C'EST MOI QUI AI VRAIMENT EU PEUR QUAND TU M'AS REPOUSSÉ...
ALORS ÇA ME SOULAGE...

Lucky time - Fin -

Special thanks

Ma responsable AraKawa,
mon ancienne responsable Maeda ,
tous ceux qui ont participé à la parution
de ce manga le designer M. Fujita,

- IshiKawa Shi
- MisaKi K.
- Asami
- YoshiKo I.

Ma famille, mes amis, et tous les
lecteurs qui ont acheté ce volume,
merci de tout cœur !

Un grand merci également à tous ceux
qui m'écrivent. c'est vraiment très
important pour moi, c'est grâce à cela
que je trouve l'énergie de continuer !
J'essaie de répondre environ 1 à 2 fois
par an, alors n'hésitez pas à m'écrire !

SOLEIL MANGA
AiKawa SaKi
25 rue Titon
75011 PARIS

c'est mon blog, en mai 2011 :
HYPERLINK
«http://saKi-real-me2.cocolog-»
http://saKi-real-me2.cocolog-nifty.com/

GLITTERING 17

SALLE DE PRÉPARATIFS 1
LE THÈME DU PROCHAIN DOSSIER SPÉCIAL DE NOTRE JOURNAL SERA...
LES BEAUX GARÇONS !! EN CONSÉQUENCE DE QUOI...
ON VA ENQUÊTER SUR HAYATO SERIZAWA, DU CLUB DE KYÛDÔ !!
WHAAAA !!
ON VA PRENDRE PLEIN DE PHOTOS, ELLES VALENT DE L'OR !!
...
FROT FROT
HAYATO SERIZAWA ?
HA OUI, CELUI DONT TOUT LE MONDE PARLE...
DE TOUTE FAÇON J'AI HORREUR DES PLAYBOYS, MOI...
BLAM
MIZUNA, TU VEUX BIEN ARRÊTER DE TE REMAQUILLER QUAND ON PARLE !?

IL N'A JAMAIS ACCEPTÉ DE RÉPONDRE À NOS INTERVIEWS...
GRRRR
ET TU ES LA SEULE À NE LUI AVOIR PAS ENCORE DEMANDÉ !!
GLOUP
JE N'AI PAS FINI MON MASCARA...
ON S'EN FICHE !!
GROUILLE-TOI DE LE CONVAINCRE !!
BLAAM
CLAP
JE DÉTESTE LES MINETS, EN PLUS...
MAL AUX FESSES...
DZ-I-H
DZ-I-H
HUM...
KONNO... TOUJOURS AUSSI MAQUILLÉE ...
OUI, DE HAUT EN BAS !
OUAIS...
ELLE EST JOLIE, MAIS C'EST UN PEU TROP...
VLAAAAM
EXCUSEZ-MOI, HAYATO EST ICI ?

QUOI, UN REPORTAGE ? PAS QUESTION !!!
BLAM
CLING
ALLEZ, TU N'AS RIEN À PERDRE !
GNI !
PFU !
ÇA ME SOÛLE...
GRRR
C'EST QUOI, CETTE ATTITUDE !? IL VA VOIR, J'AURAI MON INTERVIEW !!
GNI

LE LENDEMAIN…
HAYATO !
LE SURLENDEMAIN…
HAYATO SERIZAWA !
ENCORE PLUS TARD…
HAYATO !
ELLE JOUE À QUOI, CELLE-LÀ ?
GHHH
MA PAUVRE VIE CALME ET RANGÉE…
ELLE NE LAISSE PAS TOMBER, KONNO MIZUNA…
DIS-LUI OUI !
COURAGE !
ELLE NE DEVRAIT PLUS TARDER…
VLAAAAM
HAYATO, TU ES LÀ ?
AUJOURD'HUI, C'EST LA BONNE !
GRRR
GLOUP

HAA...
LA POISSE...
C'EST BON, OK...
ON VA LE FAIRE, TON REPORTAGE.
C'EST VRAI !?
ぱあ
BAAAH
MERCI !!
ÇA IRA PLUS VITE AINSI...
...
DIS DONC, TOI...
HUM...
TU AS DES VUES SUR MOI ?
PARDON !?
DÉSOLÉ MAIS JE DÉTESTE LES POTS DE PEINTURE.
QUE... QUOI !?
NON MAIS... !!
TU ES PRÉVENUE...

QU'EST-CE QU'IL RACONTE !?
TU TE FICHES DE QUI !?
JE T'INTERDIS DE JUGER SUR LES APPARENCES !
JE N'AI JAMAIS EU DE VUES SUR TOI !!
HA, TU N'ES PAS COMME LES AUTRES PIAILLEUSES ?
BON, JE T'ACCORDE 1H DEMAIN APRÈS LES COURS.
HEU...
GHH
JE NE LE COMPRENDS PAS BIEN, LÀ...
POURQUOI EST-CE QU'IL EST REDEVENU GENTIL ?
C'EST LÀ... EXCUSEZ-MOI, JE...
!!

SHLAAC
HIIII!
QUE...

QU'IL EST BEAU...
HA !
QU'EST-CE QUE TU FAIS DANS LA LUNE ?
RIEN DU TOUT !!
WHAA
VIENS, ON VA EXPÉDIER ÇA.
HO !
C'EST QUI, CETTE GARCE ?
EN TOUT CAS IL A DU SUCCÈS.
HEU... TIENS !!
MOI AUSSI, J'AIMERAIS BIEN ESSAYER !!
PARDON ?

OUI, JE VOUDRAIS TESTER POUR VOIR...
J'AI ENVIE DE DÉCOUVRIR L'UNIVERS DU KYÛDÔ, ÇA A L'AIR MAGNIFIQUE...
PFU...
QUE... ?
JE SUIS SÉRIEUSE !!
EXCUSE-MOI...
C'EST JUSTE QUE TU AVAIS L'AIR TRANSPORTÉE, ALORS...
EN PLUS TU N'ES PAS OBLIGÉE DE FAIRE TOUT ÇA POUR UN SIMPLE ARTICLE !

TOUT À L'HEURE, TU ÉTAIS DANS UN MONDE SI CALME, SI BEAU…
IL Y A PEUT-ÊTRE ENCORE DES CÔTÉS QUE JE N'AI PAS DÉCOUVERTS ?
COMMENT VEUX-TU QUE JE ME RENDE COMPTE DE LA BEAUTÉ DE CE SPORT, SINON ?
TING
…
?
QU'EST-CE QU'IL Y A ?
ALLEZ, GROUILLE-TOI DE ME MONTRER !!
D'ACCORD, D'ACCORD…
BON, D'ABORD LES BASES…
ÉCARTE LES JAMBES DE LA LARGEUR DE TES ÉPAULES…
COMME ÇA ?

NON RIEN...
T'ES NULLE !
TROP AIMABLE...
BRR
BRR
HAYATO SERIZAWA... FINALEMENT, IL N'EST PAS SI MÉCHANT.
BON, LES PHOTOS DU CLUB SUFFIRONT...
PIP PIP
C'EST VRAI QU'IL EST BEAU.
PIP PIP

HA...
MIZUNA !
SENPAI...
ALORS COMME ÇA TU FAIS UN ARTICLE SUR SERIZAWA ?
HA HA...
TU AURAIS PU INTERVIEWER LE CLUB DE BASKET, PLUTÔT !
ON VERRA PLUS TARD !
ALLEZ !
POURQUOI PAS TOUT DE SUITE ?
HEU, LÀ JE SUIS UN PEU...
LAISSE-LE TOMBER, ON RÉPONDRA À CE QUE TU VEUX !
JE DOIS REFUSER ...
MAIS J'AI UN PEU PEUR QUE CE SOIT MAL INTERPRÉTÉ...
DITES, VOUS AUTRES !!

UNE AUTRE FOIS, POUR L'INSTANT ELLE EST OCCUPÉE AVEC MOI.
VIENS...
TAPTAPTAPTAPTAP
? ?
OK...
WOUAH...
C'EST RARE QU'IL DÉFENDE QUEL-QU'UN...
...
HEU, MERCI...
J'HALLU-CINE...
POURQUOI EST-CE QUE TU NE LES AS PAS ENVOYÉS PAITRE COMME MOI L'AUTRE FOIS ?
OÙ EST PASSÉE LA FILLE MAQUILLÉE À LA TRUELLE QUI N'A PEUR DE RIEN ?

QU'EST-CE QUE ÇA PEUT TE FAIRE... ?
!
HEU... ATTENDS !
BAAAH
S'IL TE PLAÎT...
ATTENDS !
PAM
ALORS... ?
C'EST TOUJOURS TOI QUI POSES LES QUESTIONS...

ALORS TU POURRAIS ME PARLER DE TOI AUSSI, NON ?
EST-CE QUE...
IL SE SOUCIE DE MOI ?
...
JE N'ÉTAIS PAS COMME ÇA AU COLLÈGE.
JE N'AVAIS PAS CONFIANCE EN MOI...
ALORS...
JE ME PROTÈGE EN ME MA-QUILLANT.
LE PROBLÈME C'EST QUE JE SUIS TOUJOURS LA MÊME À L'INTÉRIEUR, TOUT À L'HEURE J'AI EU PEUR DE RÉPONDRE AUX AUTRES GARÇONS...

HAA...
VOILÀ, C'EST TOUT... !
POURQUOI EST-CE QUE TU T'INQUIÈTES ?
TU ES TRÈS BIEN COMME ÇA.
RESTE CELLE QUE TU ES.

POM
ENTENDU ?
OUI...
JE SUIS CONTENTE...
ÇA NE TE VA PAS DE FAIRE LA TÊTE !
HAYATO A PRIS LE TEMPS DE M'ÉCOUTER... !
VLAAAM
MIZUNA, C'EST BIEN ÇA ?
TAP
?

... ? ELLE EST MIGNONNE ...
JE M'APPELLE YUKA, EN PREMIÈRE ANNÉE.
JE VAIS ÊTRE DIRECTE, JE VOUDRAIS M'OCCUPER DE CET ARTICLE.
HEIN ? MAIS TU N'ES PAS DU CLUB...
HA BON ? ALORS TU L'AS EN VUES AUSSI ?
MAIS NON... JE NE FAIS QU'UN REPORTAGE...
TIENS...
PLAF
J'AI ÉTÉ SURPRISE EN VOYANT TES PHOTOS DU COLLÈGE !
TU ES DEVENUE JOLIE, MAIS...
GLOUP
C'EST QUE TU DOIS ÊTRE DOUÉE EN MAQUILLAGE, POUR CACHER QU'EN RÉALITÉ TU ES VRAIMENT HORRIBLE !
TU NOUS AS BIEN ROULÉS !

SI TU NE VEUX PAS...
TING
QUE JE LES PLACARDE PARTOUT AU LYCÉE...
EN...
ENTEN-DU...
C'EST POUR ÇA QUE JE PASSE LE RELAIS.
?
C'EST ELLE QUI FINIRA L'ARTICLE.
HI HI !
JE M'APPELLE YUKA, ENCHANTÉE. ♡
QUOI ?
MAIS POUR-QUOI ?
...
BON, JE VOUS LAISSE !
SHI!
?

C'EST MIEUX AINSI.
J'AI TROP PEUR QUE MON PASSÉ NE RESSURGISSE...
MAIS...
...
...
GLOUP
HAYATO LUI SOURIT... ?
NON, JE NE VEUX PAS LE VOIR RIRE AVEC UNE AUTRE FILLE... !

QUOI ?
POURQUOI EST-CE QUE TU M'ÉVITES, MAINTENANT ?
BOUM
BAH, REMARQUE JE NE ME PLAINS PAS.
L'AUTRE FILLE N'EST PAS COMME TOI, C'EST MARRANT AUSSI.
C'EST VRAI, ELLE AU MOINS ELLE EST MIGNONNE...
ON DIRAIT BIEN QUE JE SUIS TOMBÉE AMOUREUSE...
HO, KONNO !

QUOI ? QU'EST-CE QUE TU VEUX DIRE ?
TU PRÉFÈRES AVOIR UNE FILLE SÉDUISANTE À TES CÔTÉS, NON !?
LA PREUVE, TU N'AGIS PAS DU TOUT COMME AVEC MOI !
LES GENS NE S'INTÉRESSENT QU'AU PHYSIQUE !
JE N'AI PAS DIT ÇA !
TU PARLES, TU ES COMME LES AUTRES.
D'ACCORD, ÇA SUFFIT…

ALORS C'EST COMME ÇA QUE TU ME VOYAIS ?
TU ME DÉGOÛTES.
J'AVAIS JUSTE...
PEUR QU'IL NE DÉCOUVRE MON PASSÉ...
ET QU'IL NE S'ÉLOIGNE DE MOI...
MAIS...

POURQUOI EST-CE QUE...
ÇA FINIT AUSSI MAL ?
HAA, LA POISSE...
JE SUIS SUR LES NERFS !
SALLE DE PRÉPARATIFS 1
TU ES AU COURANT ? L'AUTRE PIMBÊCHE, MIZUNA...
...
...
MAIS C'EST LA FILLE QUI A PRIS SA PLACE ?

JE L'AI MENACÉE DE RÉVÉLER SES PHOTOS DU COLLÈGE, DU COUP ELLE M'A LAISSÉ SA PLACE POUR L'INTERVIEW !
TU IMAGINES, J'AI PU PARLER À HAYATO !
!!
SHI
GNiii
TU VEUX BIEN M'EXPLIQUER CELA EN DÉTAILS ?
PLAF
!?

MON MAQUILLAGE ME SERT DE PROTECTION.
IL ME TRANSFORME EN QUELQU'UN D'AUTRE...
C'EST POUR ÇA QUE JE SUIS PLUS FORTE.
MAIS, CE N'EST PAS LA VRAIE MOI...
JE...
VLAM
JE NE VEUX PLUS... !!

SHAAAA
PUIC
PUIC
J'AIMERAIS LUI AVOUER MES SENTIMENTS, MAIS UNE FOIS REDEVENUE MOI-MÊME…
JE NE PEUX PAS LAISSER CELA SE FINIR COMME ÇA !
JE DOIS LUI DIRE…
TAP
HAA…
MAINTE-NANT QU'IL SAIT TOUT DE MOI…
JE VEUX QU'IL LE SACHE…

VLAAAM
HAYATO !!
SHIII
POUR-QUOI...
POURQUOI EST-CE QUE POUR UNE FOIS, TU N'ES PAS LÀ !?
IDIOT !!
MOI QUI VOULAIS TE DIRE QUE JE T'AIME !!
JE VOULAIS M'EXCUSER, AUSSI !!
PAS LA PEINE DE CRIER, JE T'ENTENDS !
HA !

HAYATO…
DÉSOLÉ POUR TOUT À L'HEURE, JE NE SAVAIS PAS.
TU AS FAIT BEAUCOUP D'EFFORTS POUR DEVENIR PLUS BELLE, TU PEUX AVOIR CONFIANCE EN TOI.
JE T'ASSURE.
HEU… ET TES CILS ?
BAAH
WHAA !!
PANI-QUÉE.
J'AI VU LES PHOTOS, JE NE VOIS PAS POURQUOI TU T'INQUIÉTAIS ?
HEIN ?

ET PUIS...
?
HEM...
ÉCOUTE BIEN, JE NE LE DIRAI QU'UNE FOIS.
C'EST COMME ÇA QUE JE T'AIME.
MERCI !!
Glittering 17 - Fin -

Chassé-croisé amoureux !

Le jour de la rentrée est arrivé, Hotaru partage désormais le même lycée qu'Haruna sensei, l'homme de ses rêves. À partir d'aujourd'hui, la vie ensemble peut enfin commencer. Totalement transportée par cette idée, elle ne tarde pourtant pas à déchanter en tombant sur le désagréable Kôsuke. Manque de chance, celui-ci n'est autre que le petit frère de Haruna sensei ! Elle qui déteste les gens qui n'en font qu'à leur tête, décide de tout faire pour l'éviter. Cependant, contre toute attente il vient la secourir alors qu'elle était en mauvaise posture. Devant sa gentillesse, Hotaru ne peut s'empêcher d'être troublée…

série en 4 tomes

SOLEIL
MANGA

Romantic
Obsession

SOLEIL
MANGA

Écrivez-nous à :
Soleil Manga
25, rue Titon
75011 Paris - France
manga@soleilprod.com

Titre original : KIMI TO KOI NO TOCHU 3 by Saki AIKAWA

Original Japanese edition published in 2011 by Shogakukan Inc., Tokyo
French translation rights arranged with Shogakukan Inc.
through The Kashima Agency

15, bd de Strasbourg
83000 Toulon - France
Conception et réalisation graphique : Studio Soleil
Traduction : Julie Gerriet
Lettrage : Studio Charon
Dépôt légal : Septembre 2012
ISBN : 978-2-30202-393-2
Impression : Ercom - Italie